AF404633

OU ALLONS-NOUS ?

PAR

MACHU père,

BRIGADIER DE GENDARMERIE EN RETRAITE,

A Lizy-sur-Ourcq (Seine-et-Marne).

PARIS

GUILLAUMIN, LIBRAIRE-ÉDITEUR,

Rue Richelieu, 12.

1868

OU ALLONS-NOUS ?

Tel est le titre que je donne à cet opuscule, car je doute que nous soyons sur le bon chemin.

J'ai parcouru diverses contrées, examinant ce qui se passait autour de moi et j'ai cru reconnaître de la décadence dans l'espèce humaine. C'est pour obvier ou plutôt prévenir les imperfections de notre époque que je vais essayer de nous peindre selon mes vues et mes réflexions.

Les révolutions ont porté une grave atteinte aux forces physiques de la France ; la licence inséparable des commotions révolutionnaires, a fait des ravages dans la jeunesse qui, se croyant tout permis, se livrait à la boisson, à la débauche et secouait le joug parternel ; il faut du temps pour revenir à l'état normal on n'y réussit même pas toujours complétement ; aussi je n'aperçois le plus souvent dans les rues ou dans les réunions que des êtres si faiblement constitués qu'on les prendrait volontiers pour des malades. Que peuvent produire ces chétives créatures, sinon des descendants qui leur ressemblent et qui seront peut-être encore moindres que leurs ancêtres.

Est-ce avec un tel échantillon que notre beau pays peut en imposer longtemps à l'étranger? Je ne le pense pas, à moins que le mal ne soit général.

Notre armée est brave et intrépide, mais cela ne suffit pas. Il faudrait, selon moi, qu'un fantassin eût la force de porter facilement ses armes et son bagage; qu'un cavalier pût mettre sans effort le pied à l'étrier; je désire enfin que notre jeunesse des deux sexes soit dans un état de santé qui annonce chez nous une riche constitution et une force physique de premier ordre. On a successivement abaissé la taille du militaire, si nous allons toujours en diminuant qui est-ce qui manœuvrera les fusils et les canons? Qui est-ce qui cultivera la terre? C'est ce qui me fait dire : *Où allons-nous.*

Je vais sans doute dire des inconséquences aux yeux de beaucoup de personnes, même savantes, car l'instruction est maintenant à l'ordre du jour; je serais aussi de l'avis de ces mêmes personnes si je pensais qu'on puisse allier le savoir à la force, mais je suis loin de le croire.

Examinons des enfants de quatre à huit ans qu'on contraint à apprendre, ils apprennent à la vérité, à peu près comme un oiseau qui chante un refrain; ils ne sont pas capables de faire aucune application de ce qu'ils ont appris. Comparons-les à des enfants du même âge qui ont grandi en plein air, ne sachant que leurs prières, et nous serons forcés de convenir que ceux-ci jouissent d'une meilleure santé que les autres, qu'ils sont plus aptes à entreprendre des études sérieuses que ceux-là, qui sont déjà rebutés d'avance par une assiduité prématurée qui les a rendus languissants. Je trouve les écoles et les salles d'asile bonnes à cet âge pour débarrasser les parents, d'enfants qui les empêchent de travailler, mais sans but d'instruction élémentaire. De fréquentes promenades en compagnie de leurs maîtres ou de leurs maîtresses, souvent dehors dans la belle saison, quelques paroles d'instruction appropriées à leur âge, notamment sur la crainte de Dieu, le respect dû aux ascendants, l'amour de la vertu, sans les contraindre ni charger leur mémoire ; voilà simplement ce que je désirerais qu'ils apprissent jusqu'à sept ou huit ans, alors seulement commencer une instruction et la poursuivre selon leurs moyens et la faculté de leurs parents.

Mais aussi en récompense je voudrais voir de beaux enfants bien constitués, susceptibles de faire plus tard des hommes et des femmes solides, pouvant supporter les travaux et les privations de leur état, en un mot voir la population française au moins égale en tout à n'importe quel peuple de la terre, afin de faire face à tous les événements qui peuvent se produire entre nations ; voir la nôtre heureuse laquelle ne peut l'être sans l'honneur et la santé. Mais hélas ! que de torts nous nous donnons, pères et mères, en nous associant à ce laisser-aller qui se traduit par ces tristes mots : Il faut faire comme les autres.

Ne croyez pas cependant, ami lecteur, que je veuille vous conseiller d'user de sévérité envers de petits êtres si intéressants qui font nos plus chères délices et notre espérance ; loin de là, la douceur, sans faiblesse, m'a toujours paru le meilleur moyen de guider les enfants, voire même les animaux domestiques, une réprimande intempestive ou trop sévère ne peut amener que le découragement. D'un autre côté, si nous avons trop de complaisance pour les caprices de nos enfants, nous leur donnons une trop bonne opinion d'eux-mêmes, ils se croient des personnages importants et négligent nos avis.

Il ne faut pas nous le dissimuler, on voit trop communément de nos jours que ce n'est plus l'enfant qui obéit au père et à la mère, c'est l'effet contraire qui a lieu. Nous sommes réellement plus à la disposition de nos enfants, qu'eux à la nôtre, parce que nous craignons de les contrarier, de les indisposer. Mais est-ce leur faire du bien que d'en agir ainsi envers eux ? Non sans doute, nous laisser conduire par eux c'est comme si nous leur donnions la direction d'une voiture tandis que nous serions dans l'intérieur, ils nous verseraient et eux en même temps.

Je pense que l'une des causes qui contribuent le plus à nous rendre si faibles à l'égard de nos enfants, c'est que la plupart des époux ne veulent pas avoir une nombreuse famille ; qu'ils veulent être riches d'abord ; que les enfants coûtent cher à élever et à établir. Quand on en a un ou deux on trouve que c'est assez ; alors il est aisé de comprendre que, pour ceux qui n'en ont qu'un, l'affection des père et mère se porte entièrement sur cet enfant unique, que si cette même affection se trouvait répartie sur six enfants, par exemple, quoique les aimant tous, on finirait par les soumettre plus facilement qu'un seul, vu que la nécessité commanderait ; en cas de décès de l'un d'eux, il en resterait d'autres qui nous entoureraient ; mais cet être isolé, souvent maussade par ennui d'être seul, que nous élevons avec un soin craintif, nous n'osons lui rien refuser, il nous semble qu'en le perdant nous perdrions tout, et il se glisse de l'exagération dans notre amour pour lui. Ses volontés nous deviennent obligatoires ; si un médecin prescrit quelques médicaments nous doublons la dose croyant bien faire, s'il prescrit de l'eau rougie nous donnons trois quarts de vin, ainsi nous leur sommes nuisibles par excès d'amour.

Quant à la nourriture, le vin et les liqueurs devraient leur être inconnus, leur faible estomac n'est pas assez formé pour supporter avantageusement ces boissons alcooliques qui combattent et détruisent leurs forces naturelles, et cependant que de parents n'ont pas la fermeté de leur en refuser, surtout quand la table en est couverte.

Du bon pain, une bonne soupe ou un potage, du bœuf, du mouton, des légumes, des œufs, du laitage sans excès, quelques fruits mûrs, du poisson, du gibier, de la volaille, de la bonne eau pure ou rougie, voilà sans être médecin, ce que j'aimerais voir donner aux enfants pour les rendre forts et en faire des hommes. Supprimer toutes les friandises qui ne sont bonnes qu'à les rendre débiles et langoureux.

Les déshabituer le plus tôt possible de dormir durant le jour, parce qu'ils s'éveillent en transpiration, que cette chaleur leur est pernicieuse ou du moins fiévreuse lorsqu'ils ont reposé habillés.

Supprimer aussi la plume et le duvet pour literie par la même raison qu'il vient d'être dit, afin d'éviter cette moiteur qui les affaiblit ; les mettre coucher sur la menue paille, la laine ou toute autre matière non moelleuse. Renouveler l'air le plus possible, leur tenir les pieds chauds sans se servir de brique chauffée ni d'eau en bouteille, ces derniers moyens laissent échapper une vapeur qui les attendrit ; les couvrir simplement.

La manière de les vêtir n'est pas non plus indifférente, nous ne devons pas être esclaves de la mode au point de leur nuire, nous les voyons avec des vêtements écourtés, boutonnés du haut en bas, si bariolés de rubans et de piqûres qu'ils ressemblent à des marionnettes. Les mères se donnent beaucoup de peines pour arriver à cette toilette excentrique qui fait sourire les personnes sérieuses ; parfois on met sur ces jeunes têtes une épaisse couche de pommade qui peut hâter à la longue la chute de leurs cheveux et filtrer dans la vue. On perd patience pour cet ajustement qui demande du temps, l'enfant se fatigue de tant d'exigences, son humeur enjouée disparaît, on se fâche ; voilà comme on aigrit son caractère à propos de rien.

Donnons donc à nos enfants des vêtements aisés et commodes, appropriés à chaque saison, qui les couvrent décemment d'une manière gracieuse et utile, ils s'en trouveront bien et nous de même.

Ce que je viens de dire concernant la toilette des enfants peut également s'appliquer aux jeunes personnes du sexe. Peut-on voir quelque chose de plus disgracieux que ces faux chignons qui s'allongent sur le dos d'une manière gênante et nuisible pour celles qui les portent. La même femme que nous avons vue le matin en robe et coiffure ordinaires, c'est-à-dire naturelles, nous la voyons peu après gonflée par une ample crinoline, portant un chignon énorme emprunté peut-être à quelque cadavre inconnu. Demain matin nous la retrouverons comme aujourd'hui, le soir elle sera de nouveau enchignonnée. Convenons qu'il y a là une inconséquence qui saute aux yeux des plus indifférents. Voyons-la marcher et agir dans son épais accoutrement, chaque pas est marqué par un balancement de ses vêtements allant d'arrière en avant qui fait craindre une chute ; à son air on la croirait exténuée de fatigue, elle semble dire aux passants : Vous avez beau dire et beau faire il faut qu'on me trouve charmante, car après tous les soins que j'ai mis à me parer il n'est pas possible d'être plus séduisante que moi ; aussi, je suis en droit de faire la renchérie, de ne dérider ma jolie figure qu'à ceux qui sauront me convenir et m'encenser.

Jadis les provinciales arrivaient à Paris avec le cos-
tume de leur pays ; ainsi, il était facile de reconnaître à la
mise une picarde, une normande, une cauchoise, une bour-
guignonne, une allemande, etc. C'était une variété agréable pour l'observateur, et surtout utile, pour les rensei-
gnements entre pays et payses qui désiraient se placer ;
aujourd'hui tout se confond dans ce grand récipient de
notre capitale, ces femmes qui croient être à la mode en
imitant les parisiennes, sont mal à l'aise dans leur nou-
velle tenue qui leur sied moins bien que celle qu'elles
viennent de quitter.

Que de femmes seraient aimables, grand Dieu ! si elles
n'employaient que les grâces naïves qu'elles ont reçues
de la nature ! Quand reverrons-nous cette simplicité
pure, ce sourire agréable, cette candeur admirable, cet
incarnat de la pudeur, cette démarche naturelle et aisée,
cet amour de la vertu, ce respect pour les pères et les
mères qui est le cachet de la bonté du cœur, qui porte au
travail, à la crainte du Créateur et à toutes les félicités
terrestres comme nous avons pu les voir dans un temps
déjà éloigné ? Quand les reverrons-nous, dis-je ? Je l'i-
gnore ; je n'ose même pas espérer de les revoir jamais ;
car, le mauvais ton et les romans prévalent dans ce siècle
dit de lumière qui finira, si nous n'y prenons garde,
par nous faire trouver bien tout ce que nos devanciers
trouvaient mal, et mal tout ce qu'ils trouvaient bien. On
dit que ces futilités de la mode ont l'avantage de procu-
rer du travail à la classe ouvrière, il me semble cepen-

dant, qu'on pourrait également l'occuper avec des objets d'un autre genre, tel que des vêtements ordinaires qu'on renouvellerait souvent

Revenons au bon goût, s'il vous plaît, jeunes demoiselles, n'abandonnez pas vos charmes réels pour des fictifs, montrez-vous telles que vous êtes et telles que vous serez étant épouses et mères ; vous verrez bientôt, qu'on aura plus de confiance et de plaisir à vous rechercher que si vous persistez de paraître ce que vous n'êtes pas, en suivant des modes tyranniques qui ne font en fin de compte que de vous donner du tourment sans avantage.

J'arrive aux jeunes gens surnommés les Lions ; beaucoup de ceux-ci ne sont visibles et d'aplomb qu'entre le cognac et l'absinthe, le cigare obligé à la bouche, tenu d'une main, l'autre dans la poche ; pantalon et gilet presque déboutonnés ; un pied sur un siége ou meuble quelconque ; le chapeau sur la tête, même en parlant à des dames : crachant partout, envoyant la poussière et la fumée du cigare dans toutes les directions ; gesticulant outre mesure, parlant un langage incompréhensible pour ceux qui les écoutent ; laissant loin derrière eux les grands hommes qui ont paru sur la scène du monde, les critiquant, ainsi que la conduite des gouverneurs, administrateurs, diplomates, guerriers, marins, auteurs, négociants, artisans, rentiers, etc. Chacun a sa part dans leur distribution officieuse, aucun passant ne leur échappe ; ils parlent en maîtres, répètent vingt fois en une heure les mêmes paroles ronflantes, avec une affectation toujours croissante : voilà le bon ton du jour.

Où êtes-vous, Mme Celnart, auteur du *Manuel de la bonne Compagnie, ou Guide de la politesse?* Vous seriez certainement scandalisée en voyant et en entendant notre jeunesse dorée. Les écrivains honnêtes qui vous ont précédée ou suivie le seraient également. Quelles habitudes licencieuses et condamnables ont succédé au savoir-vivre d'autrefois, admiré de l'étranger et dont la France faisait un si noble usage. Où êtes-vous aussi, modeste civilité puérile et honnête qu'on nous faisait apprendre dans mon jeune âge, qui restiez gravée dans la mémoire des enfants comme principes de bienséance? Je ne vois plus de traces de votre existence; si les Lions entendaient seulement prononcer votre nom, ils riraient aux éclats !

Croyez-moi, jeunes gens, observez une politesse plus exquise, soutenez notre ancienne réputation concernant la galanterie française sans bassesse. Cette qualité ne nuira pas à des hommes de probité et d'avenir tels que vous; vous n'en serez que plus estimés en France et à l'étranger, ce qui n'est pas toujours à rejeter. Défiez-vous surtout des liqueurs fortes et du tabac, ce sont deux agents empoisonnés qui mineront votre santé, vous rendront caducs et tremblants avant le temps, et influeront sur vos descendants.

L'habitude de fumer le cigare est tellement en vogue chez nous, qu'on le fume dans les bureaux, dans les cabinets et dans certains salons. Les supérieurs, soit civils, soit militaires, pour la plupart du moins, allument sans façon leur cigare en présence d'un inférieur ; celui-ci est obligé d'avaler l'odeur de cette drogue insupportable sans se plaindre. Si l'audience n'a pas été favorable, il semblerait que le supérieur s'en inquiète fort peu ; il congédie, étant assis, sans quitter le cigare, par une légère inclinaison de tête, faisant mine d'être affairé, et probablement en se disant aussitôt : « En voilà encore un de parti. »

Toutes ces petites incartades à l'honnêteté ne devraient pas exister ; avec un peu plus d'attention, le supérieur n'en serait que plus respecté ; l'harmonie n'en serait que plus parfaite dans chaque degré de la société ; chacun y trouverait un motif de confiance nécessaire aux uns comme aux autres, et qui ne porterait atteinte en aucune manière à l'obéissance hiérarchique, qu'il faut observer dans toutes les administrations.

C'est encore dans l'ancienne noblesse que nous trouvons le plus de politesse et de bienveillance ; si elle doit éconduire un solliciteur, elle le fait d'une manière si délicate, qu'il doit en être touché ; son bonheur est d'obliger ; elle se distingue surtout par une affabilité continuelle qui ne se dément jamais : aussi ne l'approchons-nous qu'avec respect.

Nous avons bien dans les autres classes de la société des personnes honnêtes, bienveillantes et charitables ; mais je les trouve proportionnellement plus rares que dans les anciennes familles.

Parlerai-je de la religion? Y en a-t-il encore? Dans beaucoup de localités, l'ouvrier travaille dans la matinée du dimanche, comme en un jour ouvrable, sans penser aux offices; dans l'après-midi, il va au cabaret ou au café, il y joue au billard ou aux cartes jusqu'à l'heure du bal, qui ne commence d'habitude que vers neuf heures du soir; il y danse parfois le cigare ou la pipe à la bouche, et, comme on dit vulgairement, un peu lancé; les jeunes filles sont obligées de souffrir ces impertinences ou de rester chez elles. — Quand je dis danser, ce n'est pas positivement le mot : c'est courir, sauter, faire des gestes saccadés et indécents, semblables à ceux d'un polichinelle mû par des ressorts à la porte d'un théâtre du boulevard. On se dépêche, comme s'il y avait urgence; le musicien presse la mesure afin de gagner davantage dans lasoir ée c'est un bruit, un tourbillon de poussière à n'y pas tenir. Voilà ce qu'on appelle danser. Cependant peu de jeunes personnes y manquent; mais à l'église ou à la prière, c'est différent : les bancs sont vides pendant l'office, les quelques hommes qui y assistent de temps à autre sont regardés comme des phénomènes; ils sont presque honteux de s'y voir en si petit nombre; il se promettent intérieurement de ne plus y aller et tiennent leur promesse. C'est ainsi qu'on sacrifie les bienfaits du recueillement aux préjugés mondains.

Six jours de travail par semaine devraient suffire : l'homme a besoin d'un peu de repos pour réparer ses forces. Une heure passée dans un lieu de prières ne peut

que rafraîchir les sens et disposer à un nouveau labeur
pour la semaine suivante.

Les femmes ne sont pas nombreuses non plus aux
offices. Quelques personnes de l'un et de l'autre sexe s'y
font remarquer par leur distraction et leur impiété. Il me
semble qu'en France, c'est aux environs de Paris que la
religion est le plus délaissée ; la cause serait difficile à
expliquer, à moins qu'on ne puisse dire que chaque
contrée a ses habitudes, et qu'il faut du temps pour les
effacer et en substituer d'autres à leur place.

L'homme a aussi besoin d'une religion, c'est elle qui le
distingue de la brute ; son intelligence se plaît à chercher
un point d'appui dans la divinité. Ce culte est plus efficace
pour certains esprits que la sévérité des lois. Du reste,
n'avons-nous pas un Créateur à adorer ? un Être suprême
qui a créé l'univers, qui règle les mouvements, la marche
des corps célestes avec une régularité et une sagesse in-
finie, afin de donner à toutes ses créatures les années, les
saisons, le jour, la nuit, qui sont nécessaires pour leur
existence. Il n'est point, sur la terre, d'être capable de
produire par soi-même la plus petite des étoiles, par
conséquent c'est Dieu seul qui a créé le monde, c'est le
seul maître qui mérite une adoration de tous les instants ;
le glorifier est un devoir de religion ; sans religion il n'y a
souvent qu'ingratitude, corruption des mœurs, mauvaise
foi, ainsi que tant d'autres déloyautés qu'il serait trop long
d'énumérer.

Quand nous avons fait une prière, même courte, il

semble que nous sommes plus forts pour répondre aux
événements. C'est dans la religion que nous trouvons les
plus solides consolations quand nous éprouvons le besoin
de retremper nos forces pour supporter patiemment l'ad-
versité ; enfin, elle nous mène au port d'une manière
tranquille et heureuse.

Meaux. — Imprimerie Jules CARRO.